毎日、生きるのが
う〜んと楽になる

マスターの魔法の言葉レッスン

こぶたのハミング

並木 悠

西日本出版社

もくじ

毎日、生きるのが
う〜んと楽になる

マスターの魔法の言葉レッスン

こぶたのハミング

1.

「よかった！」探し

よかったことだけに
注目しましょう

Lesson 1

ボチボチ
はじめましょう

住宅街にある、とある行きつけの喫茶店。

そのお店は、このあたりでは人気のカフェで、夕方にはライブもあり、深く背もたれのある革張りのソファといい、店の雰囲気といい、私のお気に入りだ。

マスターらしき人は、日本人離れした体格、一度見たら忘れられないインパクト。大きいのは体だけでなく、目も鼻も口も耳も声も、おまけにジェスチャーもデカい。その風貌で、いつもにこにこ。

よっぽどヒマなのか、それとも人が好きなのか。しかも話し相手がほしいのか、私がカウンター席に座っていると、それとなく話しかけてくる。

かといって、自己紹介もないし、名札があるわけでもなく、初めはただの常連さんだと思っていた。

ところが、店に入ってきた人に目で挨拶したり、いろんな人と

語らい、誰もが彼を知ってるらしい様子。いつ行っても、カウンターの中ほどに陣取っている。

もしかしたらこのカフェの店主かも……と思い始めた頃のことだった。

「今、何かで悩んでいたりしませんか？」

「は？」

「いやちょっとね、失礼な質問かもしれませんけど、もし何か相談ごとがあれば、お役に立てるかも……と思いましてね」

マスターであろうその人には、なんとなく親近感をもっていた頃だった。けれど、突然の語りかけにちょっと引いてしまった。

「そんなこと、突然聞かれても……」

「そりゃ、そうですよねえ……でも何かあるでしょう、悩みごと……」

と言いながら、にやにやしている。

「あるといえば山ほどあるし、ないといえばないかも……」

「**もしそれがすぐ出てこないというんでしたら、今のあなたは絶好調。でも絶好調は永遠に続かない。生きてる限り、いいことも悪いことに同じ割合でやってくるんです。**いいことばかりでもないし、悪いことばかりでもない」

「そりゃ、そうでしょう。いいことばっかりの実感って、あまりないですよ」

「調子のいいときは、無意識に喜んでいるから、自覚しにくいんです。逆に悪いことは意識に残りやすいものでしょ」

「そうかもしれません。不幸になったとき、初めてもとの幸せに気づくってこともありますね。でも人生って、その繰り返しじゃないでしょうか」

「それが人生だ、なんて豪語する人もいますがね、さっき言ったでしょ。生きてる限り、いいことも悪いことも同じ割合でやってくる。いいことばかりでもないし、悪いことばかりでもない。つまり嬉しいことがあったら、そのあとに不幸がきて、またよくなって……と繰り返すわけですね」

マスターは、誰かに話しかけたくてうずうずしていたのだろう。それにつかまってしまうとは。

でも、暇だし、しばらく付き合ってみよう。

「来週か、来年か、もしかしたら、ここを出たとたん、大きな不幸に出会うかもしれないしねえ」

「マスターって、意地悪ですか」

「意地悪で言っているのではないのですよ（笑）、僕は好意でほんとのことを話してるんです！」

「じゃあ、どうしたらいいんでしょう、私」

「どうしたらいいか、それは自分で考えないとねえ。人によってタイプも違うし、脳みそも違いますからね」

「私、そんなに、頭良くないです」

「大丈夫、心配はいりませんよ。この場合、脳みそは少ないほどお得なんです。アホな人間ほど時間がかからないというか、そう、賢い奴ほど時間もかかるし、危険も伴います。それだけにたいへんな作業だけど、〔取り組む〕価値はある。絶対おすすめします、あなたのためを思うから、こうしてお話ししてるんですよ」

一見、新手の新興宗教か、カフェ版振り込め詐欺かと疑いたくなるが、マスターらしき人の雰囲気は悪くない。この人は、なんだか信じても大丈夫なような直感もあった。

「〔取り組む〕って、どんな作業ですか？」

「たいしたことではない、難しいことでもない、でも時間がかかる。僕はみんなより少し賢いから16年くらいで済みましたけどね（笑）」

「え〜……。そんなにかかるなら、私は無理。もういいです……」

「あなたなら10年もかからないでしょ。心配しなくても、手間のかかることではないんです。いつもの自分を少しだけ冷静に客観的に見つめ直す……くらいの感覚ですかね。もちろんお金もいりませんよ。もしかして僕のこと詐欺師とか疑ってません？（笑）とにかく悪いことは言いません、〔取り組む〕価値はあると思います。いつか絶対、あのときちゃんと取り組んでよかった……と、僕に感謝する日がくるでしょう」

そんな宗教チックなことをいいながら、マスターは「これは僕からのプレゼント」と言って、コーヒー豆の入った小袋をくれた。

「でも、おっしゃるように取り組んだら、どんないいことが待ってるんでしょうか？」

「こんないいこと（にっこり笑）」

「笑うだけ？」

「そう、心から笑える。」

「それだけ？」

「それだけですよ。それだけって言うけど、どんな不幸なことや、困難がやってきても、大丈夫、なんとかやりすごせる！　きっと心の奥底では、なんとかなるって……と思えるようになる」

「え？」

「それを実感できない間は、〔取り組む〕作業が必要なんですよ」

Lesson 2
あわてない あわてない

「じゃあ、マスターの言葉を信じて取り組むとして、まず、何から始めたらいいんでしょう？」

「まあまあ、そうあわてることはありません。とりあえず今は悩みもないみたいだし。ま、カプチーノでもおかわりしますか？」

「いえ、もうたくさん飲んでるので……」

「すぐに答えを求めるのは今の人の悪いところですねえ。そんなにせっかちでは、せっかくの取り組みも遠回りになります。一休さんも言っているでしょ、〝あわてないあわてない〟って。これ極意です！　どうしても覚えたいならまずこのフレーズかな。コーヒー、せっかくおいしいのを僕が淹れてあげようと思ったのに残念です」

「だって、あのマシーンが淹れるんじゃないんですか」

「もちろんマシーンを使いますが、こう見えても僕は、イタリアのバリスタ試験に、日本人ではとても早い時期に受かってますからね（エッヘン）」

「へ～、そうなんですか。それは意外（笑）。でも、また次にお願いします」

やはりこの人は、この店のマスターだったのだ。

よく見ると、壁にはバリスタの証明書らしき額。イタリア語だが、1か所日本人らしき名前が入っている。おそらくそれが彼の名前だろう。

「コーヒーの話はまた次、ということで、今日のレッスンは、このくらいにしましょう」

「じゃあ今日は、子供でもよ～く知ってる一休さんの言葉、覚えて帰りますね」

「覚えるだけじゃありませんよ。実行、実践が大事ですからね」

Lesson 3

一日の終わりの作業

「あ、そうそう、もうひとつ。**夜寝る前に、おすすめしたいことがあります。**毎晩寝る前に、何かしてますか？」

「寝る前のお祈りとか？　私はクリスチャンではないので、お祈りはしません。寝る前は、ちょっと体操したり、本を読むとかですね。毎日決まってやることって、ないです」

「それなら今晩からやってみてください、宗教に関係なくおすすめします」

「一体、何をするんでしょう」

「はは〜、気になりますか？　**【よかった探し】**です」

「【よかった探し】って、昔、聞いたことあるかも……」

「たぶん、絵本で読んだのでしょう。アメリカの小説で、主人公のポリアンナが寝る前に今日一日を振り返り【よかった探し】をする、あれです。どうです？　簡単でしょ。よかったことに優劣はありません。**ちょっとしたこと、些細なことでもひとつに数える**

と、すごくたくさんの【よかった】ことばかりの楽しい思いがよみがえってくる。そんな素敵な気持ちに満たされて、知らないうちに深い眠りにつくことができるんですよ。もちろん、夢もその延長で、楽しいこと満載です」

「【よかった探し】って、ちょっと子供だましみたいですね」

「僕の場合ですと、たとえば昨日、鶏肉が安売りしていたので、それを1kg買って、大鍋でカレーをつくったんですが、これがすごくうまかった!!」

カフェを出ようかな……と思ってから、すでに1時間近くたっていた。どうやらマスターの話は続きそうだ。

「ああその顔、いけませんねえ。たかがカレーぐらいで【よかった】部類に入るの？って、思ってるでしょ。カレーは、僕の【よかった】ことの上位に入ります。人間、欲張りですからね、子供のときを思い出してみてください。ちょっとしたことで、すごく感動したことってないですか」

「あまり思い出せませんが、たしかに今よりも生き生きと、暮らしていたような気もします。コマをはずして自転車に乗れるようになったときの感激なんて、今でもリアルですものね」

「最初は、ほんの些細なことでもすごく嬉しいのに、だんだん大人になるにつれ、少々のことでは喜べなくなる」

「もっと、何か面白いことないかしら……と」

「おそらく周囲で起こっている事は、大人になっても一緒なのに、小さな頃わくわくしたことが、いつしか当たり前になって、大人になると、少々のことでは感激しなくなる」

「その通りですね」

「だから子供の頃の素直な感覚を呼び戻すためにも、小さな喜びを見逃さないように注意深くなることが大切なんです。【よかった探し】のよかったことに、優劣や序列をつけてはだめです。他人から見たら、どんなに些細なちっぽけなことでも、その人にとって最高に【よかった】ことかもしれません。嬉しいとか、楽しいとか、感じ方は人それぞれですから」

「カレーのよかった気持ちは、わかりました。よかった気分や喜びも、次の瞬間には忘れてしまってますから、夜にもう一度思い出すっていうのは大切な作業だと思います。でも……質問。その一日、よかったことがひとつもなかったら？」

「もう一度念押ししますが、【よかった探し】は、探す作業が大事であって、【よかった】ことがいくつあったとか、内容については関係ないんです。思い出して、今日一日をふりかえる、そのとき【よかった】ことがひとつもない人なんていません。僕の場合、カレーでしょ、いいコーヒー豆が手に入ったでしょ、引っ越していった昔の常連さんが訪ねてきてくれたことでしょ、カレーをスタッフが完全にたいらげてくれたことでしょ（笑）。慣れてくれば、とにかくいっぱい出てきますよ。数が多いのもいいことですが、特別に大きなのがひとつだけって日もあります。要するにその大きなひとつのことを思い浮かべて幸せにひたるわけです」

「よくわかりました。でもどう考えても【よかった】ことがひとつもないことだってあるでしょう？」

「人生、いいことも悪いことも同じくらいやってきます。それはどんな人にもほぼ平等に。でもね、**よかったことがひとつもない日なんて、絶対ありません！**」

「断言できますか？」

「できます。なぜか、答えを言いましょうか」

「教えてください」

「おーっと、教えてください、と言われると……ちょっとじらしてみようかな、少しは自分で考えてみて……」

「……私の場合、昨日、あまりいいことがありませんでした。ほんとに【よかった】ことなんてひとつも浮かびません！」

「だからあわてないでって、言ってるでしょ。落ち着いて考えて。【よかった探し】はどんな小さなことでもいいと言いました。あなたにとって、ごく当たり前の些細な日常かもしれないけど、実はとても重要なこともあったりするんですよ。何もいいことがないという人は、それを見逃してる場合が多いんです」

「重要なことを見逃してる？」

「そうです、実は一番大事なことをうっかり見過ごしている」

「何なんでしょう？」

マスターはふいに視線をかえ、タバコに火をつけた。

たぶん「答え」は簡単に言わないつもりだろう。今までの文脈でだいぶこの人のキャラはわかってきた。

たとえ、私が正解を言ったとしても、おそらく素直に正解！とは言わないタイプだ。

……と分析してるのがバレたみたいに、マスターは話しだした。

「余談ですが、【よかった探し】は、ポリアンナ効果ともいわれています。アメリカの心理学の先生が、否定的、悲観的、後ろ向きなネガティブワードより、ポジティブ（肯定的、楽天的、前向き）な言葉の方が大きな影響を及ぼすんだって言っていた。それをポリアンナ効果と名づけたらしい」

「ポリアンナ？　両親を亡くした少女が厳格なおばさんの家にあずけられて、それでも一所懸命、明るくたくましく生きていくってお話でしたっけ」

「ポリアンナのお父さんは牧師でね、聖書に嬉しいことをあらわす言葉が何百回も出てくることから、ポリアンナに【よかった探し】をしなさいと。要するに、**いいことといっぱいの方が気持ちがいいでしょ。**ポジティブシンキングの方が、本人もお得だし、周りの人も気持ちよくさせる。人間って、二足歩行で脳みそが発達した分、ずいぶん文明を発展させて、いろんな快楽を追求してきた。でも同時に、文明の光と影に振り回されて、心配ごと、不安、苦痛もいっぱいつくりだしてしまった。地位、名声、お金にかかわるあれやこれやも考えなくては……と、人間オリジナルの欲求を持ってしまった。ほかの動物からみたら、バカバカしいことも、特殊動物の人間にとっては深刻かつ重大なこと！　そのおかげで人類の進歩も生まれたのですが。そういう微妙なバランス社会のなかで生きているのだから、そりゃ日々いろんなことがあるわけです。大変ですよ……楽に生きるのも！　そんな現代人にとって、楽に生きる簡単な方法のひとつが【よかった探し】ってことになるかもしれない」

ポリアンナに話が及ぶとは、意外な展開だ。

小さい頃ディズニーの10冊シリーズの絵本があって、その１冊に『ポリアンナ』があったっけ。三つ編みおさげに帽子をちょこんとのせたそばかすの女の子、ポリアンナが周囲の人々を幸せにしていくお話だったように思う。たしかに【よかった探し】は、いい習慣かもしれない。一日を振り返ったとき、嫌なことが頭から離れず、眠れなくなることがある。悪いスパイラルにはまると、その嫌な感じがどんどん増殖して、さらに悪い方向に陥ってしまう。てきめんに夢見も悪い。とりあえず、今日の一日は【よかった】こともこんなにあったよね……という印象のまま眠りにつくことができれば……。

それは望むところだ。

Lesson 4

きょう一日、限定の命

でも、さっきの私の疑問に、結局マスターは答えてくれてないし、私もわからないままだった。考えようとすればするほど、よかったことなんてあるのかどうか、わからなくなるばかりだ。

私にヒントを出すつもりなのか、マスターはさらに続ける。

「たとえばこんな感じはどうかなあ。**朝起きたときが生まれたとき、夜眠るときが死ぬとき。一日一日生まれては死ぬ、また生まれては死ぬ……その繰り返しが人生と考えてみるのはどう？**」

「たしかに眠ってる間は、死んでるのと変わりませんよね。意識がないわけですから。朝起きたときに、目覚めがいいとうれしくなります。小鳥の声とかが聞こえて、爽やかな一日のスタートになります。きっといい一日になりそう、【よかった】がいっぱいありそう」

「一日を一生にたとえるなら、というより、この一日だけしか

生きられないって思ったら、後悔のないように、やりたいこともサクサクすすめて、すごく充実した一日を送ろうとするでしょう。今を生きる、とは言うけどね。一瞬一瞬を大切にするのは難しそうだけど、一日をしっかり生きることはできるんじゃないかな(笑)」

「人の一生って何十年もあって、毎日毎日をそんなに充実させてたら、疲れそう(笑)」

「やる気のない、つまらない、とりあえず、なんとなくの人生を選ぶより、せっかく【よかった】をいっぱい味わえる人生、そんな一日の方がいいでしょ」

「でも何十年を考えるとしんどくなるから、とりあえず、【一日単位で考える、一日単位で燃焼する】ってことなんですね。ということは、一日を終えるとき、【よかった探し】をしたら、たとえ嫌なことばかりの一日だったとしても、【やっぱり生きててよかった】と思って終えたい、つまり眠りたいと思うでしょうね」

「そう、そのとおり。【よかった探し】で、よかったことが何もない、ということはありえない……と言ったのは、そこですよ」

「要するに、生きてること自体がありがたいこと、【よかった】ことなんですね。で、最悪死んでしまったとき、それはもはや【よかった探し】をする必要がないというわけですね。ということは一日を終えるとき、神様に【きょうも一日ありがとうございました】とお祈りするのは、そういう意味があったのですね」

「朝起きて、夜眠る、その間の意識のある状態で、いかに嬉しく【よかった】ことを積み重ねて精一杯生きるか……もし神様がいるのなら、神様は毎日、この点だけを僕らに問うてるんじゃないかな」

「わかりました、**お祈りみたいな感覚で、【よかった探し】してみます。**で、もし嫌なことばっかりの日があっても、こうして生きてることは、やっぱりよかったなって、思えるかどうか？　ですが」

「まあ、ぼちぼち始めてみてください。たぶんそう簡単にはいかないでしょう。でも、その意識を持つこと、つまり**【生まれてきてよかった、生きててよかった】感覚を忘れないようにすることが、人生をより豊かにする**と僕は思うのです」

2.

死ぬまでの「ひまつぶし」

せっかくなら、
楽しい方がいい

Lesson 5

幸せそうに見えても……

マスターおすすめの【よかった探し】は、数日でうまくいくようになった。

嫌なことはできるだけ考えないようにし、ぐっすり休み、翌朝もいい目覚めができるようになった。

慣れてくると、いちいち【よかった探し】をしなくても、横になると頭の中に楽しいことが勝手に行列してくれるようになった。

わざわざ【よかった探し】しなくちゃ……なんて考える必要もなくなっていた。

【よかった探し】の効用は実感できたので、眠れなくて困っている友達には、やってみたら……とすすめたりしている。

そんな折、とてもショッキングな出来事が起きて、私はあのカフェに足を運んでいた。

「やあ、久しぶり！　あれから調子はどう？」

「マスター、【よかった探し】、けっこう効いてます。初めは、子供だましみたいな感じかな……と思ってましたが、ほんとに些細なことを数に入れてたら、たくさん思いつくようになりました。マスターのカレーじゃないですが、お値打ちランチを食べたとか、そこのパンナコッタが絶品だったとか、イケメンシェフがわざわざ挨拶に出てきてくれたとか……そんなことまで入れると、私の頭の中に【よかった】ことが、行列してくれる感じ。愉快になります。そう思って注意深くしていると、いろんな発見があるんです。この前は、昼間、玄関の壁にホタルがとまっていたんですよ。すっごく嬉しかった。すっごくラッキーだと思いませんか」

「それはうらやましいなあ。でも虫嫌いの人にとっては、昼間のホタルは、ただの嫌な虫にしか見えないかもね（笑）」

「ほらまた、そんな意地悪な言い方をする。でもね、小さな嬉しいことにこだわっていたら、大きな嫌なことが、かすんでしまうのが不思議でした。逆にいいことが、向こうから遊びにきてくれるっていうか、そんな感覚があって、これまた愉快。下手な子守唄よりずっと効果的ですね。眠れない友達にも、羊を数えるくらいなら、【よかった】ことを数えたらいいよって、教えてあげました」

「いい感じじゃないですか」

「そうなんです。今日も一日元気でよかった、ご飯がおいしかった、仕事で助けてもらった、帰り道に出会った猫がかわいかった……**昔の人が、お茶に【茶柱が立つといいことがある】と言ったのも、究極の【よかった探し】かも（笑）**」

マスターはわが意を得たりと、にこにこ顔を爆裂させて、大きくうなずく。

それにしても、この人の笑顔は不思議だ。

ひとことでいえば、包容力があるというのか。

一見、単純な肉食系のおじさんだ。とくに女の子が大好きで、ウケをねらってジョークをとばしたり、下ネタで相手の反応を見てみたり、よくあるタイプといえば、そこらへんにいるおじさんとなんら変わらない。

が、瞳の奥に優しさがにじみでている。

いつでも誰にでも、大きく手を広げて、その胸に飛び込んでいけるように、スタンバイしてくれているような雰囲気だ。

だから躊躇せず、臆面もなく、こっちも無防備に走りこんでいける。そのへんが、そこらのおじさんとは異なる。

「おかげで、私はとりあえず大丈夫なんです。が、先日、友人が死んでしまったんです……」

マスターの笑みが一瞬フリーズしたかと思うと、

「そうそう、僕のコーヒーをごちそうする約束だったよねえ……」

と、カウンターに入っていった。

私はマスターが聞いてるかどうかも関係なく話していた。

「亡くなる数日前に、電話でしゃべりました。そのときはいつもの彼女で、まさか数日後に亡くなるなんて、想像もできませんでした。遠方に住んでるので、年に1､2度くらいしか会わないんです。去年会ったときも、すごく元気でした。彼女はご主人の経営する出版社を手伝い、数種の雑誌の編集長でした。いつも元気ハツラツで、センスが良くて、幸せを絵に描いたように、仕事も家庭も何もかも満たされてる人でした。才能に恵まれ、それを生かして、みんなに愛されて、日々充実していたと思います。友人のなかでも一番うらやましい人でした」

「でも亡くなった」

「そうです、自分で命を絶ちました。彼女はなぜ死んだのか。誰も信じられなくて……。私、大きな失敗をしてるんです。去年いっしょに食事したとき、【私うつ病だったのよ（笑）】と、彼女がぽろっともらしたんです。そのときは、あまりに唐突で、あまりに意外だったので、聞いてはいけないことを聞いてしまったように思って、その場をごまかしました。おそらく、うつ病だった……という過去形だったから、あえてほじくり返すのはどうかとも思ったんです。その場に数人いましたが、みんな同じ気持ちだったのか、そのまま、誰も彼女の病気に一切触れることなく、別の話題に流れてしまったんです」

「ということは、うつ病も治りかけていたのかな」

「だと思います。だいぶんよくなっていたんでしょう。だから話してもいい時期だったんでしょうが、私たちは不覚にもやりすごしてしまった。もっとそのときつっこんで話を聞いてあげて、その思いを共有したほうがよかったんだろう……と思います」

「他人から見たら、どんなに幸せそうな人でも、いや、そんな人に限って、抱えてるものが大きかったり、それを打ち明けられなくて苦しんでいることがあるからね」

「そうでしょう、彼女は弱音を吐かないタイプ。どんな困難でも、自分の努力で乗り越えていくタイプです。だから距離が離れている私たちには、逆に話しやすかったのかもしれません。それなのにしっかり受け止めてあげられなかったんです。それだけが悔やまれて仕方ありません」

Lesson 6

生きることは「ひまつぶし」

マスターはカプチーノにシナモンを振りながら、

「でもね、そのときちゃんと受け止めてあげたとしても、結果は同じだったかもしれないよ。人間の心はそう単純ではないからね。彼女が選んだ道だから、どうしようもないことだ。あたりまえだけど、**人は自分の分しか生きられない**。喜びも悲しみも苦しみも憎しみも、自分の分しか理解することはできないし、扱えないんだ。つらい気持ちをわかってもらいたくて、人に話したとしても、それは自分が楽になるためだけで、相手に救ってもらおうなんて、それは不可能なことなんだ。冷たいようだけど、**人に頼ってる限り、決して救われることはない**。もちろん物理的に人を救うことはできるかもしれないけど、メンタル面で、人の力を借りることは実は無理なんだ。【自分のことは自分で救うしかない】」

「そうでしょうか。家族や友人の言葉で救われることってあるでしょう」

「もちろん、その場しのぎにはなるでしょう。そうやって傷をなめあって、人間は生きていくと、みんな思ってる。でも現実は、違う。傷をなめあってるだけでは、解決できないんだ。もちろんその場しのぎとしては有効だけど、場合によっては、その場しのぎがアダになることもあるからね」

「それはどういうことですか？」

「人に相談して、優しい言葉やアドバイスをもらって、しばらくは元気になったように感じるかもしれない。でも、よ〜く考えてごらん、また同じようなことを繰り返していたりしない？」

「でもそれが普通なんじゃないですか」

「同じことを繰り返して、死ぬまで繰り返して、泣いたり笑ったり、もちろんそれも人生だと言いたいのかもしれないけど、**せっかく生まれてきて、いろんなことに出会っているのなら、ちょっとは成長したほうがいいでしょ**」

「それはそうかもしれませんが、彼女がどんなきっかけで、どんな思いで死んでしまったのかって考えたら、寂しくて、切なくて、あのときちょっとでも聞いてあげていたら、こんなことにはならなかったのかも……と」

「だから言ったでしょ。**あのときどんなに彼女を元気づけられた**

としても、それは彼女にとっての本当の解決にはならない。彼女を救えるのは、彼女自身だから……旦那さんでも、親でも、君ら友人でもなく、本人が真剣に取り組まないと解決には向かわない」

「それはそうかもしれないけど、でも……」

「しつこいようですが、彼女の心を一時的に癒すことができたとしても、本当の意味で彼女を救うことは、彼女以外、誰にもできない」

私は、マスターのカプチーノを飲んで、ため息をつくだけだった。

「人は、オギャア〜と生まれたその瞬間から死に向かっている。生きるということは、すなわち死に向かう作業だ。もちろん、生まれた瞬間から物心つくまでは、死を意識することはない。でも遅かれ早かれ死ぬことを意識し、死ぬことに怖れを感じ始める。その度合いは人によってさまざまだけど、死ぬことが怖くない人はいない、だろう。だってそれは未知だからね。未知ゆえに不安になる。未知ゆえに怖れをいだく。でも、未来に起きる未知の延長に死が待っている。これはすべての人に共通するまちがいない事実、ってことはわかるよね」

「わかります」

「生物学的にみても、生まれたときから【老い】は始まっている。結論からいうと、人は【生まれた以上、必ず死ぬ】。だから君も必ず死ぬ。僕もそうだし、ここにいる人すべて、結論は【必ず死ぬ！】人生の結論が【必ず死ぬ】だとしたら、生きるってことは【死ぬまでのひまつぶし】にすぎない。」

「ひまつぶし……ですか？」

「ひまつぶしというのはたとえだけど、もし亡くなった友達が、ひまつぶし……と思っていたら、彼女は死ぬことはなかったかもしれない」

「ひまつぶしなんだから、もっと適当にしとこう、もっと軽く楽に考えよう、そういう気分だったら、うつ病にもならずに、楽観的になってたということでしょうか」

「ひまつぶしは悪いことじゃない。【ひまがある】ということは、余裕があるということ。【いっぱいいっぱい】にならないように生きなくては、長続きしない。息切れしてしまう。人生は百年近くあるんだから、百年もつようにゆったり構えないと。死んでしまうくらい【必死になる】ときも必要だろう。けど、いつまでもそんなことしちゃだめだ。【ひまつぶし】気分を大切にしよう！　そのほうが、いろいろ見えてくるしね」

【死ぬまでのひまつぶし】……か。

つらくて泣きそうで死にたくなったとき。

深刻になって眠れなくて、嫌なイメージがこびりついて離れない。

でも、人生がひまつぶしなら、くよくよ悩むこともないかもしれない。

こんなことで落ち込むなんて、やっぱ、アホらしいって思うかもしれない。

ひまつぶしなら……ね。

ちょっとは冷静になって、自分を見つめ直すこともできるかもしれない。

3.

「好き」なこと、「好き」なひと

「独占」という妄想

Lesson 7

自分だけの「好き」なこと

「人生がひまつぶしなら、ひまをつぶす方法がテーマになりますよね」

カウンターの中で、メガネのお兄さんが口を開いた。彼はいつもにこやかに、私たちの話にあいづちを打っていた。

「そうそう、それは人類の永遠のテーマかもしれない」

「できれば、楽しくひまをつぶしたいですよね」

「極論すれば、楽しくおいしく健康に……ということかなあ」

「マスター、仕事もひまつぶしの大事な要素ですか」

「もちろん」

「趣味も大切ですよね」

「【好き】なことをたくさん持ってる人は強いなあ」

「【好き】なこと、【好き】な人でもいいでしょうか」

「何でもいいよ。【好き】であれば」

「【好き】なことがない人なんていないでしょう」

「そうかもしれない、でも、【好き】の中身が問題。その人が素直に何の策略もなしに【好き】と思ってるか、それが大事なんだ」

「策略付きの【好き】って、利害関係とか、地位とか、何かしらのお得感で【好き】って思うことですか？」

「【好き】の勘違いだね」

「自分の【好き】感覚に忠実な人は、幸せということですか」

「人生の達人は【好き】の理解ができてる人だ。さらに【好き】を生かして、自分がより喜べるように生きている人だと思う」

「ラーメンのふたとか、チョコの空き箱とか、すごくしょーもないもの集めたりしてる人っていますけど、本人はすごく幸せそうですもんね」

「そう、【好き】に貴賤はない。本当にどれだけ【好き】か、それが大事なんだ」

「僕も変わったもの集める人の気持ちわかります」

「君は何集めてるの？」

「いや〜ここでは言えません」

「人には言えないものなのか（笑）」

「そうでもないですけど、大事なものなので、言いたくないんです」

カウンターのメガネのお兄さんはシャイな人である。

彼のお気に入りがどんなものにせよ、シャイな人に無理やり問いかけて、答えてくれたとしても、聞いてるこっちが恥ずかしくなる。

昔、ある会で出会ったお兄さんで、空き缶のプルトップを集めてる人がいた。私らが優しく聞いてあげたのをいいことに、彼はメールでいろいろ写真をくれるのだが、プルトップだけ見ても、とくに面白いわけではなく、それ以上話題が広がらずに困ったことがある。

「つまり、【好き】なものって、本来は自分だけのことなんだ。それを、見せびらかしたくなるのは、それほど【好き】でないか、なにか別の魂胆があるかどっちかだね」

「いろんなコレクションがありますが、【好き】以前に投機的な目的があったり……」

「要するに何が何でも、人がどう言おうと、【好き】なものは好きといえる人は強いと思うなあ」

「ならば、そんな【好き】なことをふやせばいいわけですね」。私は言った。

「でも【好き】なことって、そう簡単に見つけられるものではないです……。僕、やり始めて、やめてしまった趣味って、たくさんありますから」とお兄さん。

「マスターの趣味は？」

「【好き】なものはたくさんあるよ。バイク、自転車、お酒、映画もいいし、夏場は昆虫採集とか、そうそう波乗りもね」

「とくにこれっていうのは何ですか？」

「どれが一番……っていわれると困るなあ」

「【好き】なことが、たくさんあるのはいいことだと思います。あとはどこまで深くこだわるか、ということでしょう」

「こだわると楽しい、でもこだわることで苦しむ人もいるからね」

「こだわると欲が出てきます。もっと、もっとって。欲を出して嬉しい励みになる間はいいんですが、重荷になるときもあります。お金が続かないとか、仲間と比べて負けてるとか……そうなるのは嫌です」

「それを考えると僕の昆虫採集は平和（笑）」

「虫捕りのどこが面白いんでしょう」。お兄さんは不思議そうだ。私は答えてみた。

「私もしたことあります。タマムシなんて綺麗ですよね。宝石みたいで。飛ぶのが苦手な虫は人の気配で死んだふりして、そのままポトッと落ちるんです。草むらに落ちると絶対見つからないので、片手で受けながら、つまむようにして捕るんですが、捕ったときの感激はたまりません。それが初めてつかまえる種類の虫だったりすると、逃がしたらどうしよう……と思ってドキドキします」

「僕が持ってる網は、9メートル伸びる」とマスター。「それで背の高い木の花のとこなんかをワサワサやると、お初のカミキリが入ってたりする。これが超珍しい奴だったりすると、息が止まりそうになる。それくらい感激する。自然は美しい。こんなきれいな星に生まれて、こんな美しい生物に出会える、それだけでもこの地球に生まれてきた値打ちがあると思うね」

「僕は虫は苦手ですが、野草はいいな……と思います。山あいの小さな野草には、小さな花がつきますが、可憐で美しいと思います。出会えてよかった！　と感じます」

「そうそう、自然はいいよね。南の島の西表島のジャングルなんかに入ると、生命が満ち溢れてる。命がキラキラして見える。そんななかで**自分も他人も区切りのないくらい、環境の一部になって一体になってるときって、まさに無我夢中、我を失って感激し**

ている」

「我を失うほどのめりこんでいる状態だから、無我夢中なんですね。最近そんな感覚、ないです……」。私はため息をついた。マスターは言う。

「子供のときは、どんなことにでも無我夢中だったのに、大人になると、無我夢中をできなくなって、つまらないことを気にしてばかりなんて悲しいね」

「【よかった探し】みたいに、些細なことに夢中になれたら幸せですよね」と私。

「まあ、僕はコーヒー豆の煎り方にもこだわってますから、夢中になってコーヒー淹れてるとき、やっぱ幸せです」。お兄さんは、そう言って笑っていた。

Lesson 8
人生は「今この瞬間」の連続

ひまつぶしのための結論は、【好き】なことは多いほうがお得ということなのかしら。

私は、また思い切って投げかけてみた。

「マスターって結婚してるんですか？」

「どっちだと思う？」

「子供がいそうな感じもするし、恋人が数人……という感じもあります」

「恋愛と結婚と生活がうまくかみ合うといいけどね、そうはいかないこともあるでしょ。人の気持ちって変わるからね」

「変わることって、いけないことでしょうか」

「変化は仕方ない。世の中は常に変化している。自然も常に。変化しないものはない。鉱物だって、何百年のスパンで変化している」

「好きだったのに、嫌いになることもありますよね」

「気持ちが変化するというより、環境の変化によって、気持ちまで変化させられることも多いからね」

「それっていけないことでしょうか」

「いいも悪いもない、変化に振り回されないようにするだけ」

「死ぬまでのひまつぶしで一番大切なことは、変化を楽しむということでしょうか。でも……いい方向の変化は楽しめても、悪い方向の変化は楽しめません」

「それをあえて楽しむ……ってできるのは、達人かもね（笑）」

「悪い変化のときに、どう乗り越えるか、それを重ねて次につなげていくことが、知恵というか……」

「生まれてきて、死ぬまで、ほんとに楽しいことばっかりだったとしたら、それはほんとにつまらないかもしれないね」

「人生に飽きないように、いいこと悪いことが半々でやってくるわけですね（笑）」

いつのまにか、メガネのお兄さんが休憩に入り、店内にお客さんはほとんどいない。思い切ってマスターに打ち明けてみることにした。

「マスター、同時に複数の人を好きになることって、どう思いますか」

「それは、素敵なこと。僕なんて、いつも3〜4人、好きな人いるよ（笑）」

「でもそれって、お互いがそうならいいですが、片方がそうでないのは、つらいことだと思いませんか」

「それはつらいと思う方に問題があるでしょ」

「じゃあ、同時に複数の人を好きでもいいんでしょうか」

「いいと思うよ、ただし相手に、その事実を悟られてはNGだけどね」

「マスターは二股かけるとか、そういう人ですか」

「そうじゃなくて、**【今ここにいること、今この瞬間を大事にしたい】だけ。何人と付き合おうが、いつも、その時々に目の前にいる人だけを大事にしていたらいい**」

「でもほかにも恋人がいるんですよ」

「いるかもしれないけど、それはその瞬間のテーマではない」

「マスターは、恋人は何人いてもOKということですか」

「それでその人も、相手の人たちも苦悩してないのなら、何の問題もない」

「苦悩してたら……」

「苦悩する人の問題であって、恋人の数云々の問題ではない」

「つまり傷つく方が悪いということですか」

「人間関係というけれど、僕の人生は、自分と自分以外の全て、もちろん人も含む全てで成り立っている。恋人も自分以外のひとつであって、自分ではない。恋人も自分を取り巻く風景のひとつ」

「だから？」

「**人は支えあって生きるというが、もちろんそれはすばらしい事実だけど、基本一人きり。生まれてくるときも死ぬときも一人。**心中したとしても、それは一緒に死ぬという行為だけで、それで相手が自分と完全に一体になるわけではない」

「実は……私、彼と一緒にいても孤独な気持ちになるんです。一緒にいるときは楽しいけれど、どっかで寂しさというか、もうあと何時間でお別れと思うと、本当につらくて、一緒にいることも苦痛になってくるんです」

「それはいかんなあ……酷な質問だけど、彼のことをほんとに好き？」

「好きです。好きだからつらいんです」

「それは、おかしい（笑）。好きな人と一緒のときが嬉しくないと！」

「そうなんです。嬉しいけど悲しい」

「さっきからの話の流れで、もし、もしも。彼に、ほかの恋人がいたとしよう。もしそんなことがあったとして、君の恋愛になんの関係がある？　なんで君がそれをテーマにするのか僕にはわからない」

マスターは、私の今の置かれてる状況や言わんとすることを、大方、理解してくれていた。そういう人だと思うから、思い切って投げかけたわけだけど、マスターの言うことは素直に理解できなかった。

「徹底的に最悪の場合を考えて、彼が君を好きでないとしよう。それでも君が嘆く必要はない。まして会ってるときに、彼が嬉しそうにしてるんだったら、一緒に喜ばないと何のために付き合ってるのか」

「そうかもしれません」

「大事なのは、彼と一緒の時間、空間をいかに君が楽しめるか。それが君にとっての一番のテーマだと思う」

「ええ」

「どんなときも、今この瞬間がすべてだ。それ以上でも以下でもない。その瞬間を生きてる……それが現実だ。そこにピタッと焦点を当てる。その連続が生きるってことであり、ある種ひまつぶしであり、それが君の人生にほかならない。今を大切にすることが、楽しい未来への第一歩。過ぎたことは関係ない。今を充実させ、未来に備える」

「それは正しいと思います。だからといって彼の気持ちは関係ないんでしょうか」

「彼のことは彼にしかわからないし、君のことは彼には理解できない。理解しようとか、思いやることはいいけれど、彼が誰を好きかなんて考えて楽しければ、考えたらいいのであって、つらくなるなら、やめたらいい。それだけのことかな」

「彼が好きなら、彼の何もかもを好きにならないとだめってことですか？」

「人を本気で好きになるってことは、その人の何もかもを受け止めてあげられることだと思う。受け止めてあげられるということは、すべてを許してあげること。彼がどんな悪事を働こうとも、君にどんな仕打ちをしようとも、許せるかどうか。本気で好きって、そういうことだと僕は思うけどなあ」

「私、そんなに大きな人間じゃありません。許すなんてできません」

「今すぐにできなくてもいいんじゃない？　許してあげようと思うなら、まだ好きということだし、その気持ちを大事にしたらいい」

こんなことまでマスターにしゃべるつもりはなかった。マスターの考えはそれなりに正しいと思えた。

私は彼のことを本当に好きではないのかもしれない……とも。でも答えをあせる必要もないみたいだ。

人の気持ちも環境も、変化することをよしとして、好きならば、許してあげられる……そんな気持ちになれるのかどうか、あわてないで意識してみようと思った。

Lesson 9

愛情と妄想

「マスターは、いま恋人はいるんですか？」

「さあ、いてもいなくてもどっちでもいいって感じかな。もし君がどうしても付き合ってくれ……というんなら付き合ってもいいけど（笑）。それはそれで楽しいことだと思うけど、あまりテーマにしてないね。男と女は所詮オスとメス。動物学的にとらえるなら、基本、オスはできるだけ多くのメスに自分の遺伝子を預けて、孕ませたい動物だし、メスはできるだけ優秀なオスの子供を妊娠することだけを目的にしているわけでね。そこでいろんな駆け引きがある。トドみたいに、一匹の優秀なオスにすべてのメスが群がったり、ヒマラヤの蝶々なんて、一回交尾をすると、オスはメスの穴ぽこにフタをして、それ以上できないようにするとか、魚のマンボウだと、広い海に卵子と精子をそれぞれ出すだけで、オスメスが出会わないまま、子供が生まれるしくみになっている……とまあ、いろいろある」

「たしかいにいろんな形がありますね」

「人間だけかな、妙にややこしくなるのは」

「私が彼にこだわるのは、彼のことが好きだから……と思っていました。でも、もしかしたら、彼と一緒にいる自分が好きなだけで、彼のことを本当に大事に思ってるかどうか。もしかしてすべてを許せるほど好きではないかも。彼は優しいし、プレゼントもくれるし、付き合ってるのがお得だから、いつのまにか好きと錯覚してるのかも。一緒にいるときつらくなるのは、もうこれ以上、一緒にいるのはやめたら……という予告なのかもしれません」

「個人と個人が対等に付き合ってるだけなのに、いつしか、自分のものみたいな、所有の錯覚が起きる。これが、ややこしいことの始まりかもしれない。よけいな【妄想】が不幸をひっぱってくるってことは多いからね」

「というと……」

「恋人だから、夫婦だからといって、お互い所有関係にあるわけではないでしょ。でも、錯覚してる人は多い。夫婦だから永遠に愛情は変わらない……というのも【妄想】だしね。もちろん自分だけを強く思ってくれるのは嬉しいことかもしれないけど、【好き】ということを【愛情】という名のもとに【束縛する】ことと勘違いし

てる人は多いよね。子供だって、自分の子供だからかわいいと思うまではいいけど、反面、自分のものにしてしまう親がいる。その子はその子の人生を生きるのであって、親の束縛に耐える義務なんてない。でも親は無意識のうちに、親の意向を押し付けてしまう。男女もそうだ。無意識のうちに相手を自分のものにしようとする。社会的には婚姻届を出していても、お互いもっと自由な関係であるべきだと思う。自立した大人、人間関係といいながら、見えない形で束縛しあってる、そのほうが安心という人はそれを選べばいいけど、僕は自由を選びたい」

「私も同感です。でも……」

「君の人生において、主役は誰？」

「私です」

「君の人生を味わえるのは君だけであって、君の人生にとって、君の目の前で起こってること以外は君の人生ではないんだ。だから、たとえ彼がほかの場所で誰と会おうと、何をしようと、君の人生には無関係の話。無関係どころか、それは君の人生にとって現実ではない。君の【妄想】において、それが現れるのかもしれんが、事実ではない。君にとって彼は大事な脇役であったとしても、君のテーマではない。そこのところを勘違いすると、えらい目にあう。

それだけは注意したほうがいい」

マスターの意見はまっとうだと思った。ただ頭で理解できても、実践できるかは別問題だ。彼のこともほんとは独占したいし、独占されたい気持ちもある。

でもそれがときとして鬱陶しくなったり、もつれたり、そんなことから解放されるには、やはりいつもお互いが尊重しあって、相手だけを見つめて、一緒に時間と空間を思いっ切り楽しむのが大人の付き合い、なのかもしれない。

理想と現実はいつも違う。でも現状に満足してないのだから、少しでも理想に近づくよう、意識を変えてみる価値はあるだろう。

好きになるのは無意識のうちに始まるとしても、付き合うってことは、もっと意識的でなくちゃいけないのかもしれない。

彼は私の所有物ではないし、私も彼の所有物ではない。

こんなにたくさんの人がいる社会のなかで、たまたまにせよ、一緒にいて楽しい人に出会えて、相手も私を気に入ってくれて、たいへんな確率のラッキーの積み重ねのひとときを、つまらない【妄想】で汚してしまうのは、もったいないことだ。

でも一緒にいないとき、つい彼がいま何をしてるのか、誰といるのか、余計なことがよぎってしまう。

つまらない【妄想】で頭のなかが充満する。

落ち着いて考えたら、取るに足らないことだったり、すごく愚かな想像の世界。でも【妄想】が【妄想】を呼び、膨張していく。

そんなつまらない【妄想】をどうやったら払拭できるのか。マスターはどうやって、【妄想】のワナから抜け出してきたのか。

4.

世の中は、株式会社「動物園」

いろいろいるけど、
わたしは私！

Lesson 10

「悩み」はオプション

マスターは不思議な人で、マスターを慕う誰もが、【自分が一番愛されている】と思っている。

いつしか私も、マスターに愛されていると、錯覚する一人になっていた。

それに、私、成長したのかしら……とスキップしたくなるほど、ごきげんな時間もふえた。すべてマスターのアドバイスを忠実に守ったからかなあ。

なんて、のんきに喜んでいたら、また次の課題が噴出してきたので、カフェに出かけた。

扉の外で、マスターが女性と立ち話をしている。その人は、派手な雰囲気で、男受けするタイプというか、独特のオーラがあった。ちょっと遠慮したいタイプの女性かもしれない。

さらりとかわしてカフェの店内へ。しばらくすると表のマスター

が戻ってきた。

「久しぶり……今日は何かな」

マスターはニヤニヤしながら隣の席についた。さっきの女性のことが影響したとは言いたくないけど、すんなり悩みを打ち明ける気分にはならなかった。

黙っていても、そんなことおかまいなしに、マスターは誰にともなく、しゃべり続ける。

「今、彼女のグチ聞いてたら、自分の方が問題なのに、本人は気づいていない。よく、あれでスタッフがついてきてると思うよ」

どうやら、さっきのケバい女性は、どこかのバーの店長らしく、その店はとてもにぎわっているらしい。やり手の店長らしいけど、トラブルも多い様子で、もともと別の店長がいたというのに、ある日彼女が店長をしたいと言いだして、それで結局、彼女が店長となり、いつしか前の店長は去っていったという。

そんな話を聞きながら、自分の相談を始めることにした。

「マスター、聞いてほしいことがあるんです。**実は勤め先で、私の同僚が大きなプロジェクトをまかされて、とてもショックでした。**彼女より、私のほうがリーダーからも気に入られていると思っていたし、その企画って、私に向いた内容なんです。どうして彼女がそれを担当することになったのか、それを考えると、夜も眠れないくらい腹立たしくなるんです」

「眠れないときは、【よかった探し】をしなくちゃ」

「それもしましたけど、もちろん眠ってはいますけど、そのことがあってから、会社に行くのも億劫で、同僚とも距離を置くようになってしまいました。彼女をうらんでも仕方ないこと、とはわかっていますが、理由がわからないというか、どうして私がまかされなかったのか……と思うと、悔しくて仕方ないのです」

「だから言ってるでしょ。仕事も、ひまつぶしのひとつだからね。必死こいてやるのもいいけど、あんまり必死になりすぎて、そういう風に考えるのは、よろしくないでしょ（笑）」

「つらいのは、上司にも同僚にも、その怒りをぶつけられないことなんです。私は、一生懸命やってきて、それなりに結果も出してる。自信もありました。それなのに、社内でも注目の大きなプロジェクトのメンバーから、しっかりはずされて、これまでがんばってきたことが認められていなかったと思うと、情けなくて……辞められるものなら、今すぐ会社を辞めてしまいたい。でもそうもいかないから、困るんです。これからどうしたらいいのか、それがわからないんです」

「それはたいへんだあ〜」

「のんきな言い方はよしてください！　私にとっては深刻な問題なんです」

「でもね、僕にとっては関係ないことだからね。しかも悩むこと自体、どうでもいいような内容が多いからね」

「それって、どういう意味ですか？」

「人間はね、生きてる以上、大事なことは全部そろってる」

「たとえば……？」

「息してるよね。呼吸するのに、悩む人はいないでしょ。あとは、いろいろ感じ取る力もあるしね、危険から身を守ることもできるよね。今地震が起きた、として、何も悩まずに逃げるでしょ。どうしたらかっこよく逃げられるとか、そんなことで悩まないよね」

「もちろん無我夢中で安全を考えます」

「おなかがすいたら、食事を作るか、食べに行くとか、それも悩まないよね」

「でも何を食べるかで悩みます」

「それって、悩むことで、食べることを楽しもうとするからであって、食べるか食べないか、では悩まないでしょ。カラオケで何を歌うか、で悩むような小さいことから始まって、ある人と結婚するかどうかで悩む」

「簡単に決められないことはたくさんあると思います」

「でもね、生きるための必要最低条件を満たしている君にとって、悩むことはオプションに過ぎないわけ」

「オプション、ということは、あってもなくても、いいってこと？」

「そう、選ぶもよし、選ばなくてもよし」

「でも選んだほうがお得なら選びたいです」

「だから、何を食べるか、わざわざ悩むときもあれば、わずらわしいことに関しては、できるだけ遠巻きにして悩まないようにしたいってこと」

「もちろんです」

「でも生きるか死ぬかを悩んだり、彼が好きなのに、結婚しようかどうかで悩んだり、挙句の果てに、会社でどうしたらいいかわからないって悩んだり……する。僕の経験上、**【悩む】という行為は、意外とどうでもいいことを自分でこねくり回して、大きくして、収拾がつかないようにしてしまっていることが多い**」

「たしかにどうでもいい迷いから、本格的な迷いまで、悩みっていろいろですね」

「でも、生きるか死ぬかは悩まないよね。悩むことなく、【生きる】を取ってるよねえ」

「でも、【死んでしまいたい】と悩みます」

「でも死なない」

「最近は死んでしまうのを選ぶ人が何万人もいます」

「そうならないよう、ギリギリの生きるか死ぬかの体験を、できるだけたくさんすべきなの」

「どういうことですか」

「要するに、生まれたときから死に向かってる私たちは、ひまつぶしとしていろんなことをしてる。それはわかってるよね」

「了解してます」

「そのひまつぶしは、基本、楽しいほうがいいんだけど、楽しいことばかりではなく、言い換えたらいい刺激も悪い刺激も半々ぐらいある」

「それもわかってます」

「で、人は生まれた以上、死に対する恐れがある。未知なることで、誰もが未経験だから。要するに物理的、精神的にあらゆるタイプの経験をして、その感覚を体得し、必ずやってくる死という瞬間に備えることが人生のあり方であり、有意義なひまつぶしだと思う」

「それは理解できます。だからひまつぶしは、いつも楽しく面白いものである必要もないわけですね。さまざまなひまつぶしで人は磨かれて、大人になって、一人前に生きていけるようになるんでしょうね。それこそが自信につながるような気がします。楽しいことだけでは、自信は生まれないかもしれません」

「そうそう、悩む行為は、多くの場合どうでもいいことが多いけど、たまには必要なときもある。だから僕はあまり悩むタイプではないが、悩むことの【きっかけ】は大事にしたいと思っている。悩むことも、そのときは意味があるし、必要なことだからね」

「と、いうことは、私のいまの悩みも、【きっかけ】として大切にしたほうがいいということですか」

「それはもちろん！　いわばある種のチャンス。ひょっとしたら、Vサイン出したいほどのチャンスだと思う。むしろ【ラッキー】と思うべきでしょう」

「そんな風に考えるのは、前向きでいいと思います。でもどうしてチャンスなんでしょうか」

「会社での仕事の内容、仕事のスタイル、チームのあり方、そして君はその一員として、どうあるべきか……が今問われてるんでしょ」

「私はちゃんとやってきました、これまでも、これからもそのつもりです」

「でも上司は、君のイメージどおりに感じていなかった……」

「そうかもしれません……」

Lesson 11

あなたはだあれ？

黙り込んだ私を見かねてマスターは話し出す。

「人が人を評価するのがこの社会だから、多くの人は目に映りやすい評価を基準に行動するようになっている。仕事ができるとか、利益を上げてるとか、美しいとか、賢そうにしゃべるとかね。それはその人が表に発する表現の結果だし、周りの人へのアピールなんだろうけど、忘れてはならないのが、内面の問題……心の内側で起きていること！　仏教の教えに【内観】ということばがあって、自分の心を深く見つめよという教えなんだけど」

「自分を見つめるって、中学校の授業でもありました。見つめようとは思いますが、具体的にどういうことなんですか？」

「では、質問する。【あなたはだあれ？】」

「私？　私は、私です」

「その私は、だあれ？」

「名前を言ったらいいのですか？　それとも……」

「仏教の禅問答でも重要な問いかけがこれでね。名前を名乗る人は多いけど答えにはなっていない」

「答えなんてあるんですか」

「正確に言うと、答えはあなたの中にある。要するに自分で問いかけて答えを見つけるしかない、それが【内観】の第一歩」

またまた、ややこしいことを言う人である。

「要するに、自分とは何か。何者か。何ができて、何がしたくて、何をしたら嬉しくて、何が嫌いで、何が好きなのか。それをテーマに、常に自分への問いかけをする、ということかな」

「もちろん、それはたまにしています」

「外部からの刺激に対して、どんな反応をしているかを客観的に観察する。自分がいて、その自分を第三者の立場で観察するもう一人の自分をもつ練習。嬉しい刺激、これに対してあなたは笑ったり、素直に喜ぶでしょ。でも不快な刺激、否定や批判的なことを言われたときはどう？」

「やはり不機嫌になったり、落ち込んだり……」

「それは普通の反応。そういう反応を全否定するわけではないけど、第三者の私は単純に怒らないで、なぜそんな評価を受けるの

か冷静に受け止めて改善しようとする。こういった作業の積み重ねが【内観】につながるのだと思う。**外部からの刺激に対してどんな反応をしたか、自分のなかで冷静に分析する……これが【内観】への第一歩**だね」

「今回のことがきっかけで、私は自分の立場、能力、仕事に対する意識というものを考え直しています。もしかしたら私のがんばりは上司によく思われたい……ということが先走っていて、**仕事内容に忠実であることより、自分がどう評価されるのかを優先していたかもしれない**……と」

「誰だって、人によく思われたい、ほめられたいと思うはずだよ。それ自体は悪いことではない。でもね、それを優先させると、チームとしては足を引っ張ることになるかもね」

「そうなんです。私は上司の気持ち、顔色だけを重視して、自分の意思を抑えて、その言いなりになってるときもありました。目的が上司のための仕事になっていました」

「生まれたての子供はね、意識はあまりないかもしれないけど、名前がついて、動いたり、笑ったり、ちょっとしたことでも、親は大喜びしてほめたたえるでしょ。あれって癖になってるから。**ほめられると嬉しい、がんばる……ということがしみついてしまっ**

てる」

「そうです、親の顔色を見て、親が喜ぶようにふるまってきました」

「それも悪いことではないけれど、やっぱり自分がどうしたいのか……を考える時期が必要になる。反抗期はその表れかもね」

「反抗期があまりなかった私は、先生や上司や、自分のリーダーの存在を意識しすぎていたのかもしれません」

「周囲の反応を見ながら振舞うことは大切、でも自分がどうしたいか、どう考えるかを抜きに周囲の反応を見ることは無意味だから」

「私がプロジェクトから外れたのも、そのへんが原因かもしれません」

「もしそれが答えなら、よかったね。**君はいま自分でそのことに気づいた。すごいよ！**」

「そうですか……」

「もっと喜べ、素直に喜んだらいいよ」

「はい……」

「自分で自分の内面のことに何か気づいたとき、それがどんなことであれ、自分で自分をほめたたえたらいい。**他人にほめられ**

ることに満足するのはさっさと卒業して、自分はいったいどうしたら本当に満足するのか解明し理解する、それが【内観】だと、僕は解釈してる」

マスターの言うことは、時として唐突で、時として大げさで、天衣無縫で、意味不明なときもある。けれど、時間をおくと少しずつわかってくるので、今はわからなくても、そのまま心にとどめておこうと思う。

いつか、あっそうか、マスターの言いたいことはこういうことだったのか……と、ピピッとわかるタイミングがあるはずだから。

Lesson 12

自分はどんな動物？

「マスターにとって、仕事はどういうことになるんでしょうか」

「仕事ねえ……**要するに生きていくための手段としての仕事**かな。もちろん大事なことだし、大人になって、自分が所属する社会に、自分の力量にあった貢献をし、その見返りにお金をもらって、生きるために必要なものを購入する……というのが、現代社会であって……大昔は食べるものも、着るものも、衣食住を自分でまかなっていたんだけどね。その時代なら、その作業が仕事ってことだったんだろうけど、得意不得意もあるだろうし、効率よく結果を出そうと分業し始めた。だから仕事は、得意なことを選ぶべきなんだろうけど、そう思って始めても、そうじゃないことがあとでわかったり、しかも組織の一員としての任務となると、これまたややこしくなる」

「しかもこれからの日本は、経済状況は悪化する方向にあるでしょうから、よほど覚悟して取り組まないと……」

「大きな組織になるほど、物事が見えにくく、人間関係や見えない力関係が仕事内容を左右し、精神的にダメージをくらう人が増えるね」

「私も、そのことではしんどい思いをしてますが、それをきっかけに気づくこともできましたけどね」

「君のように、マイナスをプラスに変えられる人は問題ない。深刻なのは、マイナスの刺激をさらにマイナスに膨らませて、自分一人で抱え込んで、それでもまだクソマジメに役割を演じきろうとする人かな」

「とくに、誠実な人ほど悪いスパイラルに落ち込んでいくものです」

「組織にはいろんな奴がいる。できる奴、できないけどガッツでいく奴、策略で小細工する奴、手を抜いて適当にこなす奴」

「いろんなタイプがいますし、途中で変わる人もいます。もとは誠実でも、偉くなって手抜きする人も」

「タヌキ野郎？　そうそうタヌキ親父はいるけど、タヌキ青年は少ないよね。少年の頃は一途な人間も、やがてゆがんでしまうことも多い。でも、それが社会であり、いろいろあるから面白いことが起きる。いろんな可能性も生まれる。できる奴だって、やが

て破綻がくるもんだよ」

「社会はいろいろあるってことなんでしょうか」

「そうだね、生態学的にいえば、生き残るためにさまざまな可能性を試すための多様性というか、いろいろあることで現象に変化を起こし、それがまた次の可能性を生む、ということなのかな。食べ物にしたって、草しか食べない動物、肉しか食べない動物、死んで腐った動物しか食べない奴、菌類が好きな奴、糞がいい奴」

「そんな動物いるんですか？」

「バカにしたらかわいそうだけど（笑）、糞のなかでも、ホカホカがいいとか、ちょっと乾いたのがいいとか、日の当たってるのがいいとか、日陰のがいいとか。糞を食べるって言ってもいろいろなんだよ。多様性ってすごいでしょ！」

「ゴキブリなんて、すごい生命力ですもんね」

「本当、たくましく生き残っているね」

「でも一方で、絶滅していくタイプもある。変化に対応できなかったんだ」

「それと組織とは関連性あるんでしょうか」

「たとえにはなるね。やはりその時代のその社会、組織に適合できるタイプと、できないタイプがあって、手抜きの奴も、必死の奴も……みんなそれぞれのやり方で、生き抜こうとするけど、さて、結果となると、自然界みたいにシンプルじゃない。人間には一人ひとりおつむがついてくるから、ややこしい」

「そうなんです、部下と上司、男と女、あっちとこっち……」

「僕はある大きな組織の営業にいたことがあってね、そこはほんとにいろんなタイプの人間がいた。徹底的に手抜きの奴、どサラリーマンね。女性社員のことばかりが気になって全然仕事ができない奴。上司にヘイコラしてばっかりの奴。もちろんバリバリの優秀な奴もいたけれど。さぁて、お得意先に気に入られていたのは、どんなタイプだと思う？」

「普通ならまじめで、かわいい奴とかですか」

「そう、かわいい奴なんだ。若い女性であれ、おじさんであれ同じ。かわいいと言ってもいろいろあるけどね。結局、かわいがられて、そこそこの成績をあげるのは、のんきで、ちょっと仕事ができない奴だったりする。できる奴だけが気に入られるとは限らない」

「それは意外です」

「タデ食う虫も好き好きといって、糞食う虫も好き好きか（笑）。いろんなお好みがあるから、それがぴたりとあえば、仕事は順調に運ぶ」

「なるほど、そういうことなのですね、自然界での多様性は、人間社会でも有効なんですね」

「だからあとは、運と巡りあわせで、面白い展開になったり、すごく期待されててもチームワークがうまくいかずに結果がでなかったり、なにもかもうまくいってても、時代の景気に左右されたり、自分の意思とは別な力が働くのが社会でしょ」

「ということは、どうしたらいいんでしょう」

「まあ、動物園みたいな組織なんだから、自分はどんな動物の役割でいけば、自分も楽しく、組織のためになるかを考えていくことでしょ。ライオンなのか、ハイエナか、プレーリードッグか、手乗りザルか」

「まあこの体型なので、フラミンゴだけはないと思います（笑）」

「カバも面白いけど（笑）」

5.

満足の神様

う〜んと楽になる小さなコツ
「こぶたのハミング」

Lesson 13

グルグルから
ギリギリへ

あのカフェで、マスターと話し始めてから、1年近くが過ぎようとしていた。

どういうつもりだったのか知らないけれど、マスターが声をかけてくれてから、私は自分のことを深く見つめるようになったし、壁にぶちあたっても、落ち込むには落ち込むが、それほどあわてなくなった。

というか、どうにかなるわ、なんとかなるさ……という感じで少し客観的に冷静に見つめることができるようになった。

マスターの問題提起はときに唐突で、ときに無理やりだが、それでも私はマスターの言葉に全幅の信頼を置いていた。

カウンターで話し込んでる私に「あんまり真剣に聞きすぎると、あとでしんどくなるよ」とか「話半分にしとかないとえらい目に会うよ」と、冗談っぽく言う常連の人もいた。

マスターは正しい……なんて思い込みは、ちょっと無謀かもし

れないが、少なくとも私よりは経験も多く、考え方も深い人だった。

しかもマスターは私に意見を押し付けるわけではなく、私に気づかせようと、ちょっとしたたとえを話してくれるだけだった。

その日も、彼はどんな面白いテーマを投げてくるのか楽しみに出かけてみると、彼のお母さんが来店していた。

噂には聞いていたが、なんとも豪快な一度見たら忘れられないタイプのばば様だった。もう80歳近いはずだ。派手な花柄シースルーのチュニックを着て、ビッグマザーの風格。

挨拶すると、

「いつもうちの息子の話し相手をしてくださってる方かしら。よくしゃべるから、適当に切り上げてくださいね」

「こちらこそ、困ったことや悩みができると、こちらにおじゃまして、マスターに助けていただいてます」

親子ともに、声もでかく、にこやかだが、お母さんのそばにいると、マスターはとてもかわいく見えた。

「この子はね、小さいときに大きな病気をしたから、それで神経質な子になるんじゃないか……と心配してましたら、私にそっくりで、体も大きくなっちゃいましてね（笑）。それなのに、みなさんにかわいがっていただいて、幸せですよ」

「そうなんですね。マスターはいつも元気はつらつなんで、病気なんて縁のない方と思っていました」

「**人生って、結構平等にできてるみたい**で、病気だって、毎年インフルエンザにかかる人もいれば、まとめて大病する人もいるでしょ……。運も才能も、それほど大きな差なんてありませんからね、この子にはあせらないで、ゆっくり大きくなるように言ってましたよ。そしたらほら、こんなにでかくなっちゃって、はははは」

「マスターのお母さんは、やっぱり素敵な方ですね」

マスターの方に向いてみたら、なんとほかのお客さんと話し込んでいるので、しばらくお母さんとおしゃべりすることにした。

「でも子供さんが病気になって、さぞかし心配されたでしょう」

「もちろんですよ。ゆっくり大きくなって……なんて言えるのは、病気が治ってから。治るかどうかのときは、もう心配で心配で、頭には禿ができるし、ストレスから過食になって太るし、最悪でしたよ。そんな私を見て、医者が言うんです。『お母さん、あなたが心配されるのはよくわかります。でもそれで坊やの病気が良くなるわけではないのです。あなたがくよくよしていることより、あなたが元気で、いつもにこにこしている方が、坊やの病気には効果があります。なんとか、気分を明るいほうへスイッチすることはできませんか』って」

「それですぐスイッチできたんですか」

「医者の言うことは、私も百も承知でした。この子のために何ができるかって考えたら、それくらいしかできないことなのに、明るく接してない自分を情けないと思いました。でも、どうしてもすぐ最悪のことばかりを考えてしまうのです。ダメな母親、と思ってまた自分を責めました」

「頭でわかっていても、そうなってしまいますよね」

「そしたら医者は言いました。あなたが最悪のことばかり考えたいのなら、それもいいですが、最悪というのはどういう状況になるか、わかっていますよね」

「強烈なお医者さんですね」

「私も思ったことをはっきり言ってましたから、医者もはっきり言ってくれたんでしょう。彼は、最悪の状況は、この子が死んでしまうことだ……と言いました」

「死ぬだなんて……」

「愕然としました。私はこの子は死ぬことはないと思っていたんです。たしかに病気のタイプからも死に至るケースはほとんどない……と調べて知っていました。だから最悪のことを考えるといっても、死ぬことまで考えたことはなかったんです。それよりも、後遺症が残ったらどうしよう。進路や就職に響いてちゃんと社会人になれなかったらどうしよう……そのレベルで悩んでいました」

「と、いうことは、お医者さんの死ぬかも……ということに反論したんですか」

「反論なんてできませんでした」

「死ぬ病気ではない……とはっきり言えばよかったんじゃないでしょうか」

「そうじゃなくて、私が大きな勘違いをしていたことに、そのとき初めて気づいたわけです。要するに私は**子供の病気を苦にしていたというより、病気によって子供の将来に悪い影響が出るんじゃないか……そればかりを心配していたんです**」

「それはいけないことでしょうか」

「そうじゃなくて、彼の未来のことばかりが気になって、彼の現在、今生きてる彼にとって一番大切なことを考えていなかったわけです」

「親としては、もちろん両方大切でしょう」

「でも医者は言いました。もしかしたら、この病気で彼が死ぬかもしれないと。そのとき、初めて思ったんです。もしいま彼が息をひきとったら、私はなんてバカな親なんだと。一生後悔すると思いました。要するに、**彼の未来の心配もいいけれど、彼にとって一番大切なのは未来ではなく、【いま】なんですね。**それは私にも、ほかのすべての人にも同様の真実なんですが、そのことをくっきりと意識したのは、そのときだった」

「今が大切、今を生きろ……とはよく言われますが、そのように生きるなんて、私は全然できません」

「言葉では簡単だけどね、自分の意識に常におくというのはむずかしいものです。でも当時の私はボロボロで、それが原因で離婚もしていたし、もう何にすがっていいかわからなくて、息子の病気が原因で、私はこうなってしまった……と自分の不幸を彼のせいにして逃げていたのも確かなんですよ」

「でも、そんな極端な最悪の事態って、なかなか想定しにくいですよね」

「そうなんです。でも悪いイメージを膨らませて不安になるとき、中途半端な膨らませ方では、いつまでも同じところをグルグルしてしまうことも気づかせてくれました。悪く考えて悩む以上、徹底的に悪いことを想定して、最悪の場合を考えてみると、答えが出やすい、というわけです。私はそこまで悪い状況を考えずに適当に悩んでいたのよ」

「お医者さんはそれを知っていたんでしょうか？」

「それは、わかりません。でもどの親も私と同じように悩んでいるらしい。医者は『息子さんが明日死ぬと言われたら、あなたは今から彼に何をしてあげますか』とダイレクトに質問しました」

「なんて答えたんですか？」

「にこやかに一緒に時間を過ごすしかないでしょうね。許されるなら、もっと元気で明るいお母さんとして、彼のそばにいてあげたいです……と」

「それしかないでしょうねぇ」

「ボロボロ泣いてました。深く反省していました。愚かな母親は、いますぐにやめたい……と願いました」

「それでどうしたんですか？」

「どうしたらいいんでしょう……と医者に素直に投げかけたんです」

「すると？」

「医者は包み込むような笑顔で、とても優しく言いました。幸いなことに、変わりたいと思ったら、人間はすぐに変われる動物なんですよ。サルやライオンにはできないけど、人間にできる一番の芸当がこれかもしれない……と。あなたも今から、あなたが素敵と思えるお母さんに変身してください。難しく考えないで、元気で明るいお母さんが基本だと思います。それで坊やに言ってあげてください。あと半年もしたら病気はよくなるから、お母さんと一緒にゆっくり大きくなろうねって」

「素敵なお医者さんじゃありませんか、ちょっと感動しました」

「そうなんですね、そのときから、私の人生もあの子の人生も、変化したと思います。基本は元気に明るく……でもそれがすぐに実現するわけじゃないんですけどね（笑）」

「それはそうでしょう」

「でも、それから、私は【元気に明るく】を常に意識して生きようと決心しました。どんなことがあろうとも、それだけは呪文のように唱えて生きようと」

「元気で明るいことを否定する人はいませんよね。でもそれって、やっぱり難しいですよね」

「そうなのよ、難しい。そのうち気づいたの。常に100％元気で明るいのは、やっぱり不可能だと（笑）。だから元気で明るい度合いを段階別に、自分のなかでいろいろ作ってみたのね」

「そういう手もあるんですね（笑）」

「すると、楽になって、いつも50％くらいで、保てるようになった。これはちょっとした発見（笑）。無理はしないで、いつもよりほんの少し【元気で明るく】であればOKってね」

「なるほど、それならすぐに続けられそう。さすがマスターのお母さんです！」

「違うわよ、【元気で明るく】をあの子に教えたのは私ですからね（笑）」

「でもマスターはお母さんからの大切な教えを忠実に守っておられると思います」

「それならいいんだけど。あの子が一人前になるまで、私は本当に悩みました。悩んでも始まらないことはわかっていたけれど、せっかく悩むんなら、できるだけ同じところをグルグル回らない悩み方をしたいと思うようになって」

「同じとこをグルグル回るから悩みっていうと思ってました（笑）」

「今思うとね、あのころのあのグルグルも必要だったかも……って思うことがある。悩むことも大切かもってね。【悩むときは必死に悩む】、無我夢中で悩む、それもいいと思うのよ」

「【必死に悩む】……これもまたひまつぶしとしては有効な方法なんですね」

「そう、若い間は、それがとくに必要だと思うのよ。ギリギリまで悩んで、死んでしまいたいくらい悩んで、そのギリギリで気づくことってある。それがその人の本当の財産になると、私は確信しています。それが生きる知恵であり、その人だけのオリジナルの宝であり、大切な仲間へプレゼントできるものなら、ぜひともあげたい、伝えたい」

「たぶん、私の年頃では頭ではわかっていても、なかなか体得できない感じもあって、マスターのアドバイスもすっと入ってこない苛立ちがあるんです」

「あせらないでいいわよ。言ったでしょ。若いうちは十二分に悩むこと！　あわてないで、ゆっくりね……」

「私、もうそんなに若くないんですけど（笑）」

Lesson 14

死ぬ瞬間のお楽しみ

マスターのすばらしさは、お母さんの影響が大きいのかも。

初めてお会いするのに、そんな気がしないのも不思議だった。運命の出会いとは、こういう感じだろう。思えば、このカフェに来て、マスターに話しかけてもらったことも、すべて運命なのかもしれない。

でも、運命だなんてたいそうに言うのじゃなくて、上質のひまつぶし（マスターが聞いてたら「上等のひつまぶしじゃないよ」とつっこまれそうだ）として、本当にありがたいひととき、そう、私の財産みたいなありがたい感覚がある。

カウンターにはマスターが淹れてくれたエスプレッソが。

壁には、イタリアのバリスタ国家試験の修了証書が額に入っている。マスターの人生はカフェ以外にもまだまだ深いものがありそうだ。

マスターのお母さんは、本場イタリア、ナポリの住人さながら、

小さなカップの表面にたっぷりとグラニュー糖をのせる。そんなに入れたら、甘すぎるよ〜、だから太るんだよ〜と言いたくなる。

マスターによると、ナポリの人は砂糖を山盛り入れる。しかも混ぜない。当然のことながら、底には大量の砂糖が溶けずに残る。これをまたおいしそうになめる。

昔は貧しい土地柄だったから、砂糖が贅沢品だった時代の名残なのか。最近は敬遠する若者も多いらしい。

でも、往年の小さな憧れのグラニュー糖を、何十年たってもあの頃のように必要以上に入れて、その余韻を楽しむようなエスプレッソの飲み方は、いまもナポリに健在だ。そんな暮らしぶりが微笑ましく、うらやましい。

社会の変化、情勢の変化、人の変化……変化だらけの世の中だから、よけいに永遠の不変、普遍を人々は大切にしたくなるのだろう。エスプレッソの飲み方ひとつにも変化を拒むような気分というかこだわり、そんな頑固さに、ちょっと魅力を感じたりもする。

「でもねえ、最近思うんだけど、気分に関していえば、老いも若いも関係ない、というか、若い頃といまがそんなに変わってる気がしないのよ」

「お母さんはお若いと思います。同世代みたいにお話してました」

「【元気で明るく】というのは、いくつになってもできることなのよ。でも、体の運動機能とかはそれなりにダメになっていくのよ。目も耳も、筋力も落ちるしね。ひまつぶしはいろいろあるけど、若い頃と同じようには、できなくなることは多くなる」

「老いることで、逆にできることがふえたりしないんですか？」

「新しくできることが増えるわけじゃないのよ。長生きした分、制約が増えて、一方では友達が亡くなっていくし、結構残念なこともある」

「でも、30代より40代、40代より50代がずっと楽しくなるって、先輩の女性が嬉しそうに話していました」

「それはね、いろいろ経験したことで、精神的にも物理的にも余裕がもてるようになったからだと思うのよ。たぶんその先輩は、思いっきり人生にぶつかって、上質のひまつぶしをされてきたのでしょう」

「それをしてこなかった人は、老いに対して、年をとることに対して、マイナスのイメージが強いでしょうね、たぶん」

「時代、国籍問わず、人類誰もが共通の究極のテーマは何かわかる？」

「共通のテーマ、といえば、やっぱり幸福でしょうか」

「そうね、誰もがそれを願うでしょう。でもね、人は幸福を手にしたとたん、また次の不安が沸いてくる動物なのよ」

「だから、この幸せが長続きするよう祈ったりします」

「なぜ、幸せなのに、次の不安を気にするのか。おバカさんだと思わない？　私が考えた答えは、2つあるの」

「何ですか？」

「ひとつは、死に対する不安。もうひとつは孤独への不安」

「死に対してはよくわかります。誰もが、生まれたときから、確実に死に向かっているわけですよね。これはマスターに教えてもらいました。孤独というのがわかりません」

「死に対する不安は、時空の時のほうなのよ。時間の【妄想】なの。もひとつの孤独というのは、空のほう。空間の【妄想】。漢字で【宇宙】の宇は時間、宙は空間を表しているそうよ。キリスト教で十字を切るでしょ。あれも宇宙を表しているそうよ。その交わったところ、それがまさに今、ここにいる私なんだって。宇宙の真ん中。唯一無二ってこと」

「時間と空間は、イコール宇宙で、その中心に私がいる。その私にとって永遠のテーマが【死と孤独への不安】だなんて、具体的にどういうことなんですか」

「そうね、人によって差があるだろうけど、どんなにお一人様が好きな人でも、何にもまったくない無の空間で、自分一人きりの状況を考えてみてごらんなさい、きっと耐えられないでしょう。まして、普通、人は家族や恋人や、ペットやお気に入りのものたちにそれなりに囲まれて暮らしていて、それなしの生活なんては想像しないと思うのよ。そして、支えあって生きていくのが人生と思っている。それが生きることと思っているかも。でも本当に本当に、それで幸福なのかしら？」

「じゃあ、人類の永遠の共通テーマって、死と孤独に対する不安や恐れから逃れること、というわけでしょうか」

「私はそうじゃないかしら……って思う。その恐怖を少しでも和らげる手段として、宗教は必要だったのかなって」

「たとえば、彼氏を束縛したいのは、孤独への裏返しだし、年をとることの不安は、つきつめたら死への不安につながります。若々しくありたいと思うのも、友達を失って悲しいのも、つきつめたら、すべてこのどちらかに集約されるように思います」

「そうなのよ、もしそれ以外のテーマがあるなら、私も教えてほしいくらい。それくらいこの2つのテーマが大きくて、私たちの人生を完璧に支配していると思うの」

「私たちの人生は奴隷状態なんですね」

「それは悔しいでしょ。こんなに自由な時代に生まれたのに、見えない力で奴隷にされてるなんて、バカバカしい。なんとかその呪縛から抜け出したいと思うのよ」

「お母さんは、抜け出したんですか？」

「それがね、結構いい線いってるとは思うんだけど、この年になっても、まだまだ完璧な自由は得ていないわけ。壁はまだまだあったりする。悔しいけどそれが現実。でもね、ずいぶん楽に生きることができるようになった。それはあの子の病気がきっかけとなり、あのお医者さんの言葉に気づかされて、それから何十年もいろいろ考えたけど、でも自分なりの言葉っていうか、答えが見えてきて、生きててよかった！って思える瞬間は増えてきている。ある人が言ってたわ。命っていう字は、神様の口が命令している字らしいの」

「何を命令しているんでしょうか」

「【何のために生きているか、それがわかるまで生きていなさい】と神様の口が命令しているんだって」

「ほぉ〜、なら、わかった人は死んでしまうんでしょうか」

「さあね（笑）、命とは、与えられた以上、勝手に返すことはできないものなのよ。だから生きてる意味を問いながら、もしかしたら死ぬ瞬間にその答えがわかるような気もする。天国に召されるのは、次のステージにいけることで、喜ぶべきだ、という宗教の教えもあるけれど、それって、その瞬間の喜びを指しているかもしれないって。でも誰にも答えはわからない。教えられない。だって死んだ経験がないから（笑）。それぞれの人がそれぞれの経験でしか知りえないこと。神様がいるかどうかも、いたとしてどんなメッセージを出してくれるかも、それは【死ぬ瞬間のお楽しみ】としかいいようがないみたいね」

「ということは、お母さんは死もまた楽しみにしておられるのですか？」

「そうね、かなり楽しみにしてるかも。こんなに一生懸命生きて、これからももっといっぱい楽しんで、それでそのクライマックスが苦しいとか、痛いとか、つらいとか、そんなはずはない。きっと、すごいエクスタシーというか、満足の一瞬じゃないかと想像してるわけ。なるように、自然に運命をまかせて、死の瞬間を楽しみに待つ、これが80年近く生きてきた私の知恵の凝縮なのよ（笑）」

「でも自殺の場合はどうなんですか」

「それはダメ！　ぜったいダメ！　生まれるときと同様、死ぬときも自然にまかせるしかないの。自殺したい人は常に楽に死ねる方法を考えるけど、実際は地獄を見るくらいの過酷なものだと思うのよ。死にたくてどうしようもないときは、必ず相談してね。目をさまさせてあげるから」

マスターのお母さんとの、エスプレッソダブルみたいに濃いひとときが過ぎていった。

Lesson 15

自由の境地、自在の心

お母さんに会えたことで、マスターのことがもっと好きになった、というか、さらに敬愛すべき人だと思えるようになった。

いつもお茶飲んで、のんきにおしゃべりしてるだけの人、だと思っていたけれど、それは大きな勘違い。

彼の背景、生きてきた証が、彼の自由で、お茶目な野生児のように不思議な魅力を醸し出して、私たち悩める子羊たちを優しく見守ってくれているような。

「マスターのお母さんもユニークな方ですね。今度いらっしゃるときは、またお会いしたいです」

「よくしゃべるでしょ。僕でも負ける。あの人はわが親ながら、本当に飽きない人。いまだにいろいろしでかしてくれるからね～」

「**死ぬ瞬間まで人生を楽しんでやろうって感じ**でしょうか、貪欲に生きてるのが、スマートに見えるんです。見習えたらって思いました」

「ま、それが年の功っていうか、長い間生きていれば、僕らよりずっと上手なのはたしかだね」

「豊かに生きるための知恵の蓄積が、違うんでしょうか」

「知恵なんて量や数の問題ではないからね。いかに組み合わせて、適切なものを選ぶか、年をとれば、それが無意識のうちにできてしまうのかな。体が不自由になってる分、自分独自のスタイルが確立されてるから、**体は不自由でも、心は自由自在**になっているのかも……」

「心の自由って、これほどむずかしいことはないと思います」

「自分の心を自由自在にあやつれる……やはり自由の境地、自在の心が、僕らの究極の憧れでしょ」

「マスター、そのイメージが私には見えないんです。具体的にどんな感じなんでしょうか」

「それは難しい質問。人それぞれのパターンだしね」

「マスターの憧れる、自由の境地、自在の心は？」

「なんとなく、だけどね。まずは、**どんな環境におかれたとしても、自分を見失うことなく、平静でいられる**」

「その次は？」

「その環境に合わせて、またはその環境に影響されることなく、自分がきげんよく、その瞬間を感じ取れること、かな」

「それで？」

「もし気分が乗れば、その瞬間をめちゃくちゃ楽しむ」

「それで？」

「それだけ」

「え〜、それだけなんですか」

「そう、それだけ」

「あまりに抽象的すぎて、よけいわからなくなりました」

「だから、君はまだまだ修行が必要なんでしょ（笑）」

「意地悪な言い方しないでくださいよ〜」

「歌にあるでしょ。街の灯りが哀しくみえる、とか、楽しげにみえるとか。そのときの街の灯りは赤？　緑？　それとも紫？」

「とくに何色とかないと思います」

「何色であろうと、その灯りにそんな性格があるわけじゃない。哀しいとか楽しいとか決めてるのは誰？」

「それは、見てる人の心が決めてると思います」

「すべてのこと、他人の心や言動もふくめ、自分以外のすべての現象を性格づけてるのは、己の心ってわけ。心といっても、胸じゃなくて、脳みそ」

「ならば、見る人によって現象はいかようにも見えるわけですね」

「要するにすべての価値基準も、価値判断も、幸せか不幸せか、嬉しいか、悲しいかもすべては己の心の回路で決まる」

「その回路がいつも自分にぴたっときてる人はいいけれど、迷いがあったり、悩んでいたら、よけい哀しくみえたりする」

「哀しいのが悪いのではない。哀しいと思いたいときもあるでしょ。あえて泣きたい気分もときにあるよね。自由になれば、自分のおつむの回路は、自分の思うように、いかようにも操作できるということ」

「ならば、嬉しいときはそれを増幅させて、落ち込んだときはそれを和らげることもできる」

「もちろん！　それこそが自由の境地、自在の心でしょ。ところが、残念なことに、これだけは人に教えられて会得するものではない。人生の半分くらいで、その感覚を得る人もいれば、亡くなる寸前にわかる人もいるでしょう。それでも取り組む価値はある。っていうか、その取り組むこと自体が生きることであり、よりよく生きることにつながってると思うんだ」

Lesson 16

こぶたのハミング

マスターが一番最初にくれたアドバイス、【取り組む】ことの意味が、少しずつ価値あることと思えてきた。

「素直な質問ですが、マスターが嬉しいことってなんですか」

「いっぱいあるよ」

「だからたとえば、どんなことなんですか？」

「まあ、好きな音楽を聴いたり、歌ったり、それを好きな仲間と共有してるときかな……それから……やっぱりキリがないくらいあるなぁ」

「そんな簡単なことなんですか？」

「それはその人が決めること、感じることだからねぇ。**欲張りになると、嬉しいと感じるのが難しくなるから気をつけて。ちょっとしたことでも嬉しくなるほうがお得です。**これは、自分という意識を大切にして感じる嬉しさだよね」

「ということは、自分を意識しない嬉しさもあるんですか？」

「虫捕りしてるとき、山で遊んでるときは、自然と一体になって自分という意識もなくしてる。まさに無我の境地かな」

「どっちが好きなんですか？」

「どっちも好きだから、どっちか選べと言われても困るなあ」

「私って、まだ自分が何をしてるときが嬉しいのか、わからないときがあるんです。たいへんなことでもやり終えたあとの達成感がうれしいこともあるし……」

「人はいろいろ。だから、僕の取り組み方が君に通用するとは限らない。でもね、基本を守っていれば、必ず何か見えてくる。ゆっくりあわてないで【取り組む】ことだ」

「基本って、【元気で明るく】ですか」

「そうそう、それ以外の表現でもいいから、自分にあったものを選ぶこと。自分の内面が元気で、明るくすることは、周囲への最高のプレゼントでもある。“にこにこレッツゴー”でも、“うはうはグッドラック”でも何でもいいけど、要するに【スマイル】は大前提でいきたいね」

「【スマイル】はそんなに大切ですか？」

「タダほどすごいことはない。【スマイル】は人間しかできない。サルだって形だけ【スマイル】してみせるけど、サルまねも、やらないよりはまし。つらいときほど【スマイル】、気分とは関係なく、口もとの両端あげて、空を見上げてごらん、死にたいときでもおんなじ。意外と効果あるから……」

「それだけで大丈夫ですか？」

「極意はいろいろあるけど、それは、自分で編み出すものでしょ（笑）」

「もうひとつぐらい、教えてくださいよ〜」

「なら、もう1個。お経ってあるでしょ。いわば、宗教の呪文、あれはやっぱり効果あるよね」

「南無阿弥陀仏……ですか」

「そうそう、南無阿弥陀仏でも南無妙法蓮華経でもいいんだけど、僕はあれでは気分が乗らないから、ほかの呪文をさがした」

「どんな呪文？」

「それがなかなかみつからなくて、山篭りもしたけれど、お坊さんも教えてくれないし……」

「山篭りって、修行みたいなことしてたんですか」

「若いうちはいろいろしたよ。毎日滝の修行があって、それが夏だというのに、すごく冷たい。滝の水が倒れそうなくらいの勢いで落ちてくる。死ぬかもしれないと、そんな恐怖心でいっぱいになる。何秒もじっとできない。ところが、同じ修行場に来ている中学生くらいの女の子が、すっと手を合わせて、滝に打たれてる。何分でもびくともしない。神様でも降りてきてるからそんなことできるのか……と思うくらいに美しい姿でね。たぶん彼女も呪文を唱えていたかもしれない。要するに恐怖心が邪魔をして、よけいな考えがあると、滝には入れない」

「まさに修行なんですね」

「そのうち少しは慣れてくる。でも呪文は浮かばない。僕は宗教は苦手だから」

「呪文に代わる何かがあるんでしょうか」

「**滝修行でボロボロになった僕に浮かんだのは、歌だった。**僕の好きなことを考えたら、少しはまぎれると思った。ジャズとか、演歌とか、グループサウンズとかね。そのフレーズを思い浮かべ、口ずさんだ。すると見事に恐怖心は和らいだ。**僕の外部は過酷な状況だったけど、脳の中は、安らいでいた。**それは僕にとって、画期的な発見だったかもしれない」

「なるほど、自分で編み出したんですね。すごい！」

「山篭りの日が終わりに近づいて、だんだん心も穏やかになって、あるときお坊さんと話していたら、僕の腕に蚊が止まった」

「それで？」

「思わず、パチッとたたいた。すると、お坊さんが言った。なんで今、蚊を殺したんですかって」

「お寺では、殺してはいけなかったの？」

「ちょっと考えて、僕は言った。わけなどありません」

「わけなどありません？」

「お坊さんはね、それが答えですよ……と」

「それが答え？」

「そのお坊さんと話したのはそれが最初で最後だった。頭でっかちで、考えて考えて悩み抜いていた僕に対しては、それが答えなんだと、お坊さんは気づかせてくれた」

「どういうことか、わかりません」

「だからね、**生まれてきたのも、死ぬことも、地球がまわってるのも、蚊を殺すのも、【ただわけもなく】……素直に、ただありのままに**、ってこと。起こっている現象のすべてが、【ただわけもなく】なんです。理由を探せば、いくらでも出てくるだろうけど、それもこれもすべて、宇宙のちょっとした現象のひとつであって、なぜこの宇宙があるかって誰もわかってない以上、宇宙のなかのさまざまな現象はすべて、理由はないに等しい。この答えは、今、精一杯の科学的態度としての答えだよ」

「と、いうことは？」

「僕が、頭でっかちに悩むことを、そろそろ卒業して、【ただわけもなく】生きてみたらどうですか……というお坊さんのメッセージと受け取ったんだ」

「そうか、それが答えだったんですね」

「生きることは、死ぬまでのひまつぶしであり、せっかくなら、それを楽しんだほうがいいでしょ。でも人生は長いから、いろんなことがあって、その間に自分の力で、より素敵に生きるスタイルを編み出したほうが、いいんじゃないかって」

「で、呪文は？」

「自分の好きな歌でも、詩でも、フレーズでもメロディでも、手軽に口ずさめる何かがあると、最悪のとき救いになる」

「なんでもいいんですか？」

「もちろん、なんでもいいよ。それを思い浮かべるだけで、心が落ち着くのも必要だし、勇気がわいて、ポジティブになれるのがあったらいいね」

マスターの修行の話は衝撃だった。いつもニコニコマスターの以前の苦悩は、相当深刻なものだったのだろう。それに立ち向かって、自分のスタイルを編み出してきたからこそ、彼は本当にいつもご機嫌で、みんなをハッピーにする雰囲気をもってるのだろう。

「マスターの呪文って、聞いてもいい？」

「ひとつじゃないよ、気分によって、その時々によって、いろいろ変わるからね。好きな歌って、いつも同じとは限らない」

「マスターの好みが知りたいだけです。私なら、サザン、クイーン、ユーミンとか、達郎、ジェネシス、マイケル・ジャクソンもね……」

「なんでもいいんだよ、【3匹のこぶた】でも、【うさぎのダンス】でも、意外と小さいときに聞いた歌が、出てきたりするからね」

「幼稚園のとき、こぶたがハミングしてる絵本がお気に入りだったんです。

こぶたの好きなミートパイ、ミートパイ、ミートパイ

ママと一緒に焼きます、ミートパイ、ミートパイ

ふっくらサクサクじゅわっと、ミートパイ、ミートパイ

こんな感じの歌でした」

「それでもいいと思うよ。こぶたがハミングしてるのを思い浮か

べて、また食欲もでるしね(笑)」

「私の小太りは、食べすぎじゃないんです、遺伝ですから」

「怒らない、怒らない、【スマイル、スマイル】。心配しなくても大丈夫。ハミングしてるかぎり、君はハッピーを味方にできる、安心していいよ。この調子で大丈夫！　ま、とりあえず、君の呪文は【こぶたのハミング】がいいかもね……」

プロフィール

‖著者‖

並木　悠（なみき ゆう）

大手企業のデザイン部門でプロデューサーを務める傍ら、「機嫌よく生きる」ための模索を続ける毎日。

日々の全ての活動（生きること）をしっかり味わって、時々のおもいを大切に…私の財産として、自分と周りの人々にしゃべっています。

‖挿画‖

的場カヨ（まとば かよ）

大阪生まれ宝塚育ち。ウサギ年、A型。嵯峨美術短期大学インテリアデザイン科卒。銅版画のあたたかい線に魅せられて個展、グループ展を中心に活動中。

イタリア製プレス機とともに、陽気な豚くんを男前に刷り上げました。

[版工房らびた]のブログ
http://hankobo-rabita.cocolog-nifty.com/blog/

毎日、生きるのが
う〜んと楽になる
マスターの魔法の言葉レッスン
こぶたのハミング

……………………

2010年3月8日 初版第1刷発行

……………………

＊著者＊
並木 悠

……………………

＊発行者＊
内山正之

……………………

＊発行所＊
株式会社西日本出版社
http://www.jimotonohon.com/
〒564-0044 大阪府吹田市南金田1-8-25-402
［営業・受注センター］
〒564-0044 大阪府吹田市南金田1-11-11-202
tel：06-6338-3078 fax：06-6310-7057
郵便振替口座番号00980-4-181121

……………………

＊構成＊
生瀬まな

……………………

＊編集＊
福岡千穂

……………………

＊デザイン＊
吉見まゆ子
（鷺草デザイン事務所）

……………………

＊印刷製本＊
株式会社シナノパブリッシングプレス

……………………

ISBN978-4-901908-55-9